Anthony Salaün

« J'ai voulu faire une plaisanterie »
(nouvelle)

précédé de : Le complexe du désœuvré

suivi de : De l'art pour les rêves

LE COMPLEXE DU DÉSOEUVRÉ

Le complexe du désœuvré est un jeu qui permet de montrer que la poursuite de l'individualité ne permet pas toujours d'atteindre la liberté de conscience. Il est une branche des mathématiques dérivé de la théorie des jeux apparue vers 1920.

Donc, deux personnes tributaires d'une disgrâce s'interrogent séparément dans leur conscience et revient au même cas de conscience : si les deux désœuvrés se dénoncent, ils écoperont d'une peine de cœur. Si l'un dénonce l'autre, sans qu'il le dénonce, le premier sera libéré et le second aura une peine de cœur. Si personne ne se dénonce, les deux n'auront pas de peine de cœur.

Afin de modéliser le dilemme, on utilise une

matrice, un tableau résumant les gains et les pertes de chaque joueur en fonction de leurs choix. Bien sûr, et en raison des pertes, ne pas dénoncer semble être le meilleur choix.

Pour bien réaliser cette rationalité, prenons un piraté et estimons les choix qui s'offrent à lui grâce à un arbre :

<pre>
                              Pirate se tait (pas de peine)
              Piraté se tait
                              Pirate le dénonce
                                  (piraté lourdes pertes)
Piraté s'interroge :
                              Pirate se tait
                                  (condamnation)
              Piraté le dénonce
                              Pirate le dénonce
                                  (piraté lourdes pertes)
</pre>

En fonction du choix du piraté, le pirate sera moins sanctionné dans les choix en dénonçant le piraté. Celui qui est coopératif est toujours victime de trahison.

La structure du dilemme du prisonnier peut être formulé par une matrice :

	Piraté	
	ne dénonce pas	dénonce
Pirate — ne dénonce pas	(0,0)	(10,0)
Pirate — dénonce	(0,10)	(10,10)

Voilà, si aucun ne se dénonce, personne n'a de peine de cœur.

Si les deux se dénoncent mutuellement, chacun subit une peine de cœur.

Si l'un dénonce l'autre alors que ce dernier se tait, celui qui a dénoncé est libéré alors que le second subit une peine de cœur.

<u>Raison de mon dilemme du désœuvré :</u>

En 2021, alors que je correspondais avec deux étudiantes américaines, je me fais pirater à la fois mon compte Instagram et mon ordinateur. Le pirate me menace d'informer mes amies que je regarde des vidéos pour adultes. Il me demande de l'argent en prétextant qu'il ne me dénoncera pas si je lui verse de l'argent. Alors, comme je n'avais plus de correspondance avec les Ricaines, je leur ai écrit une lettre avec un cadeau à l'intérieur et cela m'a fait casser mon image. J'avais envoyé des photos des deux étudiantes alors que je n'avais pas eu l'autorisation. J'ai en fait violé un droit à l'image. Mais en même temps, je les aies informées du piratage de mon compte. C'était mon dilemme : ou je me taisais et le pirate divulguait aux Américaines que je regardais des sites pour adultes. Ou bien je leur écrivais et les renseignais de mon problème. Mais dans les deux cas, j'ai traversé une lourde peine de cœur puisque j'ai perdu les deux Californiennes.

« Nous sommes tous des fantômes. »

Élisabeth d'Autriche

« Ils ne sont pas morts, ils ne sont pas endormis, ils se sont réveillés du rêve de la vie. »

Shelley

« J'AI VOULU FAIRE UNE PLAISANTERIE »

Hier, je suis rentré chez moi. J'ai regardé où était passé Chouchou mais je ne l'ai pas trouvée. Les chats sont fugueurs et peut-être qu'elle est sortie sans que je m'en aperçoive.

Je suis resté dans ma chambre. Je trouvais cela bizarre qu'un peintre était en train de poncer dans mon couloir. Il avait apporté tout son matériel : « Hé, tu veux un café ? »

Il n'a pas entendu quand je lui ai parlé. Je me suis dit qu'il était peut-être sourd.

Je me sentais plutôt pas mal, même délivré du poids de la vie. Mais quelque chose m'aérait, je n'avais plus de rendez-vous chez le psychiatre. J'avais sans doute guéri de mon syndrome post-traumatique.

J'avais perdu un peu de poids, et je ne ressentais pas la faim pour le moment. Je me dispensais de faire des courses. « Hé bien, combien de temps peut-on se dispenser de manger ? »

Le peintre continuait de poncer et de mettre de l'enduis dans le couloir. Il préparait les surfaces avant de peindre. Il arrivait vers midi et repartait systématiquement vers huit heures du soir.

Une autre fois, j'ai voulu me laver les mains mais il n'y avait plus d'eau qui coulait du robinet. J'ai remarqué que l'eau n'arrivait plus dans la cuisine. Par contre, je me servais moins de l'électricité car je voyais très clair, même dans l'obscurité. Bref, chez moi, il y avait eu du changement au point que je n'avais plus de meubles, y compris mon lit qui avait disparu. Quoi qu'il en soit, demain j'irai voir ma mère. Elle doit s'inquiéter car cela fait une semaine que je ne suis pas allé chez elle. Et je m'inquiète tellement pour elle.

Demain, c'est son jour de repos.

***

Je suis arrivé chez maman vers dix heures. Une chose étrange, j'avais perdu ma sensibilité.

J'ai trouvé maman couchée. Et une boite d'anti-dépresseur était posée sur sa table de chevet. J'ai demandé à maman pourquoi elle déprimait. Mais elle était à moitié endormie. Je suis retourné dans sa cuisine et j'ai vu son portable posé sur la table. Par curiosité, j'ai regardé ses messages. Il y avait ceux de ses amies et ceux de la famille. Sur l'un des messages, il y avait un mot : « Courage. » Et sur un autre message : « Tony souffrait. »

Ma souffrance, cela fait trente ans que je la supporte. C'est pour cela que je vois un psychiatre. Maman le sait bien. Ce n'est pas nouveau. Une existence jalonnée de traumas et de déceptions sentimentales.

Peu après, je suis retourné dans la chambre de maman, et je me suis allongé à côté d'elle. J'ai commencé à lui raconter ma journée, que j'écrivais mes rêves, et que je lisais « Ciel et Espace » sur Internet. Je lui ai dit que j'avais besoin d'une remise à niveau. Et puis que je m'inquiétais sur l'état de sa santé. Mais elle ne m'a pas répondu. Il faut dire que je lui récite toujours le même discours. Comme elle était fatiguée, je suis reparti chez moi afin de me mettre au calme. Un ensemble de choses me tracassait. Maman et peut-être une mauvaise gestion de mon budget, peut-être qu'un huissier a fait enlever mes meubles. Je ne comprenais plus grand-chose.

Le soir, j'ai vu que le peintre avait laissé sa radio. Je l'ai alors allumée et j'ai écouté des choses sur la guerre, et puis des émissions où des gens témoignent de leurs difficultés.

J'ai dormi un peu, et puis tôt le matin je suis sorti. J'ai été voir maman. Je l'ai trouvée encore assommée par les médicaments. Elle était sous sa couette, mais elle ne m'a pas reconnu, alors, je me suis approchée d'elle et j'ai remarqué dans sa main un objet. C'était ma photo. Et puis Chouchou était endormie sous sa couette. C'est là que j'ai vu le rayon de lumière. Ma mort s'était déroulée d'une manière stoïcienne : le suicide. Par les barbituriques. Une bouteille de whisky et une centaine de somnifères. J'ai dit au revoir à maman et je me suis senti aspiré par la lumière...

DE L'ART POUR LES RÊVES

Je n'ai pas la connaissance des choses de l'existence, ce qui m'a causé une grande maladresse et des fautes. Et chaque personne connaît au moins une fois dans sa vie une disgrâce. J'espère que mon manque d'expérience sera lu par ma mère.

Les connaissances ne se limitent pas à l'intelligence sociale et au savoir-parler, ainsi que le savoir-être. En fait, je suis resté bloqué à la civilité adolescente et franche. Une qualité devenue défaut une fois entrée dans l'âge adulte. Alors, je voudrais apporter dans ces maladresses le fait un peu fou que je désirais une sœur de cœur.

Les méchants qui, parlant d'un psychotique avec railleries et moqueries, disent : « Il est bizarre, il a une drôle d'allure ! » ne se rendent pas compte que cet état était précédé de maltraitance ou d'un gène défectueux et que les conséquences sont un trouble de la réalité qu'ils ignorent.

J'ignore si cette réputation de dangerosité restera ancrée et que les invalides connaîtront la chance dans une probabilité mathématique de se faire des ami(e)s selon la difficulté d'intégration, le parcours antérieur, souvent manqués. La chimie du cerveau crée une protéine issue d'un chromosome où le gène responsable du défaut la fabrique en surabondance. Un dépistage devrait se faire avant la procréation.

Ceux qui disent que je suis paresseux sont ceux qui n'ont pas connu la pathologie et qui sont ignorants.

Pourtant, une habitude de sincérité mêlée de naïveté devraient faire taire les antipathiques.

Maman, c'est imprudent tous ces gens qui ont les idées arrêtées, comme si j'étais l'ennemi par excellence sans même essayer de parler à mon cœur qui fonctionne. Il y a des systèmes d'équations où la solution est nulle ou bien c'est un problème sans solution.

Une fois, j'ai réalisé que le mépris est un alcool fort et empoisonné, plus tordant qu'une bouteille de whisky. Le mépris est fait de sang noir et abîme la santé, le cœur et l'esprit. Il ne faut pas boire à cette fontaine.

Pour finir vite mon introduction, je ne pense plus beaucoup à cause de mon traitement qui gêne la mémoire de ma pensée.

J'ai des difficultés de penser et de parler.

J'ai touché à la poésie mais ne dit-on pas que les schizoïdes deviennent des poètes ou des philosophes. Je ne pense pas que quelqu'un battent Rimbaud ou Morrison dans la poésie. La poésie est un second langage qui transporte des choses visionnaires ou tabous. Moi, par contre, je ne peux pas me passer de musique car elle me rassure. Cet art est le plus précieux car il est bon pour les blessures psychologiques.

Maman, je vais dorénavant faire le récit de mes rêves car ils sont le reflets de nos émotions, de notre environnement, et qu'ils cachent une partie de nous-mêmes. En plus, ils sont délirants et donc amusants. Les Indiens Pawnees notaient leurs rêves en se réveillant. Toute leur littérature vient de là. Ils appelaient cela l'art des rêves ou de l'art pour les rêves.

Pour le moment, je n'ai pas de délires mais je suis contrarié quand je ne fais pas de rêve la nuit. Quand je dors ou je rêvasse, j'ai envie d'aller dans le monde des rêves, même quand je somnole il m'arrive d'avoir des images qui durent 10 secondes. Je trouve que le monde des rêves est mieux mais ce n'est pas la réalité, et parfois j'ai envie de revoir certains personnages.

Rêve n°1

Lieu :

La ville

Personnages :

Billy, Dolorès et moi

Situation:

Compromis et duel au sabre en plastique entre Dolorès, Billy et moi. Litige résolu quand Dolorès et Billy s'embrassent devant moi.

Sentiments :

Jalousie et pardon. Dolorès et Billy montent chez elle boire un café mais il refuse à cause du travail. Je leur dis : « Je vous ai vus ! » d'une façon décontractée.

Rêve n°2

Lieu :

La ville

Personnages :

Les rivaux. Dolorès

Situation :

Billy entre chez moi et chasse mon chat. Un homard s'échappe de mon évier et je lui cours après. Les rivaux descendent signer un formulaire d'avocat de Dolorès. Puis je me réveille.

Sentiments :

Culpabilité, peur

Rêve n°3

Lieu :

La ville

Personnages :

Dolorès, Billy, Dany et moi

Situation :

Je cesse de fixer Billy qui va porter plainte. Le reste se contente de dire : «Il peut être gentil et d'un seul coup, c'est volte-face. Il est comme Centaure ou quelque chose comme ça. » Je lui dis : « Je suis bien réel. »

Sentiments :

Colère, revanche, peur

Rêve n°4

Lieu :

La ville

Personnages :

Dolorès, Bruno, des visages inconnus et moi

Situation :

Je découvre ma voiture abandonnée et pillée sur le parking. Je remarque Dolorès en petite tenue chez elle. Puis je joue au football avec Bruno, on se fait des passes et on essaye de faire des jonglages. Dolorès nous observe par sa fenêtre et j'espère me réconcilier avec elle.

Sentiments :

Rage devant ma voiture que je vais devoir faire remorquer. Espoir que Dolorès recrée un lien avec moi.

Rêve n°5

Lieu :

La ville

Personnages :

Mes rivaux, Dolorès et moi

Situation :

Mon rival me menace de me casser la figure dans le hall d'accueil au moment où j'ouvre ma boite aux lettres. Auparavant, se passe que sa femme m'informe qu'il y a une benne où l'on trouve de vrais trésors. Je passe y déposer un tableau. En route, voyant Dolorès entrer, je sonne à sa porte et elle apparaît nue et je l'embrasse mais c'est en fait une fille de joie qui se transforme puisqu'elle et les rivaux se bécotent juste après.

Sentiments :

Mépris envers les rivaux. Plaisir avec Dolorès.

Rêve n°6

Lieu :

Stage de formation

Personnages :

2 filles inconnues, un gars et moi

Situation :

Dans un dortoir, je peins un tableau et une fille me donne son autoportrait que je jette. L'autre gars revient quand on est couché. Et je pisse dans un tonneau chez ma grand-mère.

Sentiments :

Jalousie, drague

Rêve n°7

Lieu :

Inconnu

Personnages :

Sophie et moi

Situation :

Je rencontre Sophie et l'embrasse dans l'obscurité. Puis elle va pisser mais je lui dis de faire attention car les toilettes fuient de partout. Elle est alors douchée par les eaux des toilettes.

Sentiments :

Absurdité

Rêve n°8

Lieu :

Une table à manger

Personnages :

Mon père, les jumelles américaines, mon frère et moi

Situation :

Un type dit à mon père que l'œuf est le meilleur ingrédient du monde, alors que c'est peut-être les frites. Les jumelles U.S., mon frère et moi, après avoir déjeuné, chantons une chanson de Pierre Perret « Les jolies colonies de vacances » tandis qu'un car de voyageurs arrive pour nous remplacer.

Sentiments :

Agréable de revoir les Américaines et mon père jeune.

Rêve n°9

Lieu :

La ville

Personnages :

Dany, sa copine, trois rivaux, un ami et moi

Situation :

On défonce la boite aux lettres de Dany. Plein de colis s'y trouvent. Puis nous nous trouvons dans le garage et faisons du bruit autour de sa voiture. Trois combattants me défient mais nous les neutralisons avec l'aide d'un ami.

Sentiments :

Malaise puis délivrance

Rêve n°10

Lieu :

Inconnu

Personnages :

Clint Eastwood, ma tante et moi

Situation :

Ma tante et moi se tournons vers Clint Eastwood
pour noter la couleur de ses yeux, mi gris mi bleus.
Puis nous partons laissant Clint avec d'autres personnes.

Sentiments :

Satisfaction et impression

Rêve n°11

Lieu :

Classe de 3ème

Personnages :

Dolorès, un prof et moi

Situation :

Je cherche le chemin du collège, je suis convalescent. Le prof d'histoire a une biture et vomit par la fenêtre. Il me prête sa veste en me questionnant quel est l'animal le plus haineux, mais je lui réponds que les animaux ne sont pas haineux. Y en a qui font peur comme le scorpion ou le grand requin blanc. Puis je rentre dans la classe où un camarade me demande si ça va. Je m'assois au dernier rang et je vois Dolorès au premier rang qui m'ignore et parle à une autre fille.

Sentiments :

Frustration, timidité, phobie scolaire

Rêve n°12

Lieu :

La ville

Personnages :

Dolorès, Billy, ma mère et moi

Situation :

Je sors du domicile de ma mère car son conjoint me tapait sur le système. Puis, je vois Dolorès et Billy enlacés en train de se bécoter. Et Dolorès me ment.

Sentiments :

Jalousie et rage

Rêve n°13

Lieu :

Inconnu

Personnages :

Une jeune femme, un camarade, des hommes et moi

Situation :

Je suis couché et une autre fille est couchée dans le lit d'à côté. Soudain, prise d'envie, elle se glisse dans mon lit et nous avons une relation. Après un petit orgasme, elle s'en va et je me retrouve près d'un fleuve où des hommes disent que je suis auteur schizophrène et me menacent de le révéler à la jeune femme. Puis je me retrouve dans un couloir jouxtant une classe et des gars se moquent de moi alors je les prends par les pieds et je les cogne contre le mur et je vois la jeune femme faire un footing plus loin.

Sentiments :

Plaisir et humiliation

Rêve n°14

Lieu :

Une fête foraine

Personnages :

Mon oncle et moi

Situation :

Muni d'une carabine à plomb, je vise des cibles dans un stand.

Les cibles sont des visages de personnes qui m'ont fait du mal.

Arrive alors mon oncle qui me dit : »Essaye avec des petites

billes ! » Et alors j'atteins les cibles.

Sentiments :

Amusement, distraction

Rêve n°15

Lieu :

Une classe

Personnages :

Mes parents, un fou

Situation :

Dans mon cauchemar, je suis avec mes parents, et un fou vient m'importuner. Je lui coupe alors la tête et je shoote dedans comme dans un ballon. Puis je me retrouve en cours de cinéma avec un camarade, mais je ne trouve pas de binôme. S'en suit un cours merdique sur le cinéma où le fou continue à s'en prendre à moi. Puis Nancy nous fait une démonstration de cours dramatique en interprétant un rôle avec Freddy Krueger.

Sentiments :

Peur, effroi

Rêve n°16

Lieu :

Une fête foraine

Personnages :

Ma mère, Clint Eastwood, et moi

Situation :

Je me balade avec ma mère dans une foire et je vois dans un stand un petit Terminator en peluche. Alors je demande à Clint de tirer sur le fil qui suspend la peluche et ce dernier se place loin pour tirer sur la ficelle. Mais je profite que la commerçante ait le dos tourné pour couper le fil qui retient la peluche. Clint avait pourtant déjà creusé le fil avec un tir.

Sentiments :

Satisfaction

Rêve n°17

<u>Lieu :</u>

La route

<u>Personnages :</u>

Un entourage d'anciennes connaissances et moi

<u>Situation :</u>

Je suis en fauteuil roulant après un terrible accident de la route. Un cortège d'amis me juge sévèrement puis me fait une haie d'honneur en hommage à mes créations littéraires.

<u>Sentiments :</u>

Honte et satisfaction

Rêve n°18

Lieu :

Inconnu

Personnages :

Mon frère, ma mère, deux anciens amis et moi

Situation :

J'ai vu en rêve mon frère qui se chamaillait avec moi. Et je lui ai cassé un verre sur la tête au moment où ma mère tentait de nous séparer. Puis arrivent deux anciens amis dont l'un me fait un sourire bienveillant.

Sentiments :

Peur et incompréhension

Rêve n°19

Lieu :

Une route

Personnages :

Une nymphette, des comédiens et moi

Situation :

Une nymphette au look trash réalise un clip. Dans ce clip, elle fait des fellations à des comédiens. Je lui cherche alors un nom pour son mouvement artistique en lui disant que des réalisateurs plus confirmés peuvent la contacter pour son travail. Le clip se déroule sur une route. Puis quelqu'un me pousse dans une vieille voiture et, sans la démarrer, je fais un tour derrière une haie et je reviens à l'emplacement. Des trafiquants mexicains se trouvaient tout près.

Sentiments :

Surprise et stupeur

Rêve n°20

Lieu :

Un appartement

Personnages :

Mon frère, son ex-copine, ma nièce et moi

Situation :

Mon frère a été trompé par son ex. Et moi, j'espionne son ex. Et un jour, je suis avec mon frère à une fête foraine. Et d'en haut, je vois son ex avec ma nièce. Et puis on se retrouve dans un appartement avec de grandes fenêtres. Et à table, on rigole comme des baleines des adultères de l'ex de mon frère avec elle.

Sentiments :

Effroi et tremblements

Rêve n°21

Lieu :

Une maison

Personnages :

Mes parents, mon frère et moi

Situation :

Je suis avec mes parents et mon frère et on se demande ce qui va le mieux pour un schizophrène. Est-ce les sciences, est-ce l'art ? Je leur réponds que j'ai déjà essayé l'art avec la littérature et la guitare. Donc, il ne restait que la science ? Mais je ne suis plus intelligent. Après on cherche de la compagnie et on trouve une taverne où l'on descend un escalier qui mène chez ma tante.

Sentiments :

Agréable

Rêve n°22

<u>Lieu :</u>

Santec

<u>Personnages :</u>

Mes parents, mon frère et moi

<u>Situation :</u>

Nous passons les vacances au bord de la mer. Et je demande à mes parents si on peut aller trouver des palmes et des tubas pour mon frère et moi. Mais on ne trouve pas tandis que ma mère a acheté des objets rustiques. Puis nous décidons d'aller prendre un verre au bord de la mer toujours. Et deux bars se juxtaposent : le premier est le plus couru de la journée par les jeunes et le second le plus couru le soir par les jeunes. Et là, je vois quatre anciens amis en train de draguer, mais je ne veux pas les voir, alors je me cache. Puis ils sortent et je rejoins mes parents, mais l'un des copains m'attendait et me dit : « C'est comme ça que tu m'apprécies ? »

<u>Sentiments :</u> gêne

Rêve n°23

Lieu :

Un train

Personnages :

Mes anciens amis, une contrôleuse, ma mère et moi

Situation :

Je suis avec des copains dans le train Paris-Le Havre. Et la contrôleuse regarde mon billet mais un souci apparaît. Alors, elle va voir le chef de gare qui se montre réticent à la validation du billet. Mais la contrôleuse le valide après que je lui ai soumise un autre papier. Puis, elle m'accompagne jusqu'au Havre et quand je sors du train, je l'embrasse intensément et elle fait du roller sur le quai de la gare. Ma mère qui m'attendait, la remercie également.

Sentiments :

Satisfaction

Rêve n°24

Lieu :

Terrain de pétanque

Personnages :

Mon père et moi

Situation :

Je joue à la pétanque avec des amis de mon père. Et l'on se met à parler de progrès technique qui n'est pas un progrès social. Tandis que l'on rejoue à la pétanque, un énorme bourdon se trouve sur le terrain. Muni d'une brindille, j'essaie de le pousser hors du terrain. Finalement, j'y arrive avec une feuille d'arbre et le bourdon dresse des pinces mais est poussé dans un coin sale et entoilé.

Sentiments :

Peur et étonnement

Rêve n°25

Lieu :

Inconnu

Personnages :

Des personnes antipathiques et moi

Situation :

Après la dissolution de l'association, de la perte de mes amies et de la perte de ma vie sociale, j'accuse des gars responsables du fait de leurs adultères.

Sentiments :

Indifférence

Rêve n°26

Lieu :

Université

Personnages :

Deux étudiantes et moi

Situation :

Je vis dans la rue et rencontre deux étudiantes et je leur demande un peu d'argent. Elles refusent alors je leur demande ce qu'elles étudient mais elles refusent une première fois mais acceptent de me le dire après. Je les suis car je veux tout comme elles faire des études de cinéma. Je leur parle en disant que je connais les sept tabous humains. Puis je monte un escalier en colimaçon pour saisir mon dossier d'inscription et je demande aux étudiantes le coût de l'inscription mais elles se taisent alors je décide de regarder sur internet.

Sentiments :

Agréable

Rêve n°27

Lieu :

Domicile de mon oncle

Personnages :

Moi et un ami

Situation :

Je me trouve chez mon oncle avec un ami. On décide de partir à vélo voir la mer, mais on arrive à Honfleur et l'on se perd. Pour revenir, on passe par une rivière où deux taureaux aquatiques nous attendent. L'un d'eux essaye de nous encorner mais nos vélos subaquatiques vont plus vite et l'on retrouve le chemin à travers bois de la maison de mon oncle. Je lui dis : « Il y a beaucoup de poissons, j'ai vu une raie. »

Sentiments :

Peur et étonnement

Rêve n°28

Lieu :

Une 2CV

Personnages :

Mon père et moi

Situation :

Mon père et moi garons notre 2CV dans un quartier sensible. En revenant, on trouve la 2CV avec un pneu crevé. Puis on demande aux délinquants qui a fait ça. Puis on retrouve la 2CV ratatinée. Alors on va voir deux autres délinquants dans leur voiture et on les éjecte de leur véhicule pour qu'on puisse prendre le leur. Ensuite, à cause des représailles, on recherche la direction de Paris pour les semer.

Sentiments :

Indifférence

Annexe

I Started A Joke (J'ai Voulu Faire Une Plaisanterie)

I started a joke, which started the whole world crying,
J'ai voulu faire une plaisanterie, qui a mis en pleurs le monde entier,
But I didn't see that the joke was on me, oh no.
Mais je n'ai pas compris que c'était de moi qu'on rirait, oh non.
I started to cry, which started the whole world laughing,
Je me suis mis à pleurer, ce qui a fait éclater de rire le monde entier,
Oh, if I'd only seen that the joke was on me.
Oh, si seulement j'avais compris que c'était de moi qu'on rirait.
[Chorus]
[Refrain]
I looked at the skies, running my hands over my eyes,
J'ai regardé les cieux, me passant la main sur les yeux
And I fell out of bed, hurting my head from things that I'd said.
Et je suis tombé du lit, me tapant la tête à cause des choses que j'avais dites
[Third Verse]
[Troisième Couplet]
Til I finally died, which started the whole world living,
Jusqu'à ce que finalement je meure, ce qui permit au monde entier de vivre
Oh, if I'd only seen that the joke was on me.
Oh, si seulement j'avais compris que c'était de moi qu'on rirait
[Chorus]
[Refrain]
[Third Verse]
[Troisième Couplet]

Artistes : chanson du groupe britannique « Bee Gees »